Gilbert Delahaye ◆ Marcel Marlier

martine

prend le train

casterman

• Découvre les personnages de cette histoire •

Martine

Joyeuse et curieuse, Martine adore s'amuser avec ses amis et son petit chien Patapouf. Ensemble, ils découvrent le monde et vivent de véritables aventures. Une chose est sûre : avec Martine, on ne s'ennuie jamais !

Jules

Jules et sa grande sœur Lily se rendent chez leur grand-mère. Ils ont hâte d'y être ! Jules s'est même fait tout beau pour l'occasion.

Lily

Très calme et studieuse, Lily trouve toujours de quoi s'occuper dans le train. Mais avec une amie comme Martine, le trajet passe encore plus vite !

Jean

C'est le petit frère de Martine. Avec Jean, Martine se sent grande, et ça lui plaît beaucoup. En plus, tous deux s'entendent à merveille. Être grande sœur, c'est le bonheur !

Patapouf

Ce petit chien est un vrai clown !
Il fait parfois des bêtises…
mais il est si mignon que Martine
lui pardonne toujours !

Ce week-end, Martine et Jean prennent le train pour Dieppe, en Normandie. Leurs parents les accompagnent à la gare.

– Les horaires sont affichés sur les écrans et sur ces panneaux, explique papa. Votre train part du quai numéro 5. N'oubliez pas le changement à Amiens !

– Louise et Arthur vous attendront sur le quai à Dieppe, dit maman. Il y a une cabine téléphonique à la sortie de la gare : appelez-nous dès votre arrivée.

– Dernière vérification, dit papa. Vous avez tous vos bagages ?

– Un sac chacun, acquiesce Martine. Sans oublier le petit bateau et l'épuisette pour jouer sur la plage ! J'ai tellement hâte d'y être !

Pouet ! Pouet !

C'est le conducteur d'un chariot électrique qui klaxonne.

– Tiens, ce vélo prend le même train que nous ! s'écrie Martine.

– On aurait dû emporter les nôtres… regrette Jean.

– Vos cousins vous en prêteront, assure papa.

– Maintenant, dépêchez-vous, dit maman, il faut trouver votre voiture !

Martine et Jean longent le train jusqu'à la locomotive.

Ils aperçoivent le conducteur à la fenêtre.

– S'il vous plaît, monsieur, à quelle vitesse roule le train ?

demande Jean.

– 200 kilomètres heure !

– Waouh ! C'est rapide ! Et pourquoi le…

Il n'a pas le temps de finir sa phrase : un coup de sifflet retentit !

Martine et Jean ont juste le temps de sauter dans la voiture 12.
Ils rangent leurs sacs sur les porte-bagages puis s'installent à leur place.

– Au revoir, papa et maman ! lancent-ils en faisant de grands gestes par la fenêtre.

Sur le quai, leurs parents agitent aussi la main et leur envoient des baisers.

Une voix s'élève alors des haut-parleurs...

« Mesdames et messieurs, votre train va partir ! »

Les portières claquent.

Le train démarre…

– Il y a un monsieur qui court sur le quai ! s'écrie soudain Martine.

– Trop tard ! commente Jean. Il devra attendre le prochain départ…

Le train file à travers la campagne. Martine fait connaissance avec les autres voyageurs.

– Salut, dit-elle à sa voisine. Je m'appelle Martine. Qui t'a appris à tricoter ?

– Mon arrière-grand-mère ! Je fais une écharpe pour ma poupée… Mon prénom à moi, c'est Lily, et voici mon frère, Jules.

Jean s'intéresse à un monsieur qui lit le journal. Sur la dernière page, il y a une bande dessinée qui a l'air très amusante.

Des notes de musique résonnent dans la voiture. Une jeune femme chantonne en pinçant les cordes de sa guitare, accompagnée à la flûte par son compagnon.

– Quelle ambiance, dans ce train ! se réjouit Martine.

Martine et Jean s'amusent tellement qu'ils ne voient pas le temps passer.

– Vous allez jusqu'au terminus ? demande Lily.

– Non, répond Martine. On descend à Amiens, et on prend un deuxième train pour Dieppe. D'ailleurs, on ferait mieux de surveiller l'heure pour ne pas rater notre changement !

– Nous on file jusqu'à Lille ! explique Jules. On va chez notre mamie. Au programme : jeux de société, balades, balançoire et pâtisserie !
– Et devoirs de vacances… ajoute Lily, avec un clin d'œil. La maîtresse nous a demandé d'apprendre une poésie : « En sortant de l'école ».
– Comme la petite fille derrière nous qui répète avec sa maman ! s'exclame Martine.

– Contrôle des billets ! annonce un monsieur à casquette.

– Voici le mien, dit Martine.

– Et toi, jeune homme ? demande l'agent en observant Jean.

– J'étais certain de l'avoir rangé dans ma poche… marmonne le garçon. Ah ! Le voilà !

« Je me demande ce qui arrive aux gens qui ont vraiment perdu leur billet… » pense-t-il, un peu inquiet.

Soudain…

« Nous entrons en gare d'Amiens ! Dix minutes d'arrêt ! »

Martine et son frère sont déjà devant la portière.

Dès que le battant s'ouvre, la fillette saute sur le quai.

– Jean, passe-moi les bagages !

Les enfants comptent : deux sacs, le petit bateau, l'épuisette…

Tout y est !

Sans oublier le plus important : Patapouf, bien sûr !

Martine consulte l'affichage des trains.

– Destination Dieppe… déchiffre-t-elle. Départ à 14 h 23, voie 3 !

– La voie 3 est de l'autre côté de la passerelle, annonce Jean.

Les enfants en profitent pour observer les trains.

« Ouaf ! Ouaf ! » appelle Patapouf, comme pour dire : « À force de traîner, vous allez manquer le départ ! »
– Il a raison, approuve Martine, fière de son petit chien. Ne perdons pas de temps !
Arrivés sur le quai, les enfants chargent leurs sacs dans la première voiture. Patapouf, lui, est déjà à bord !

– Pourriez-vous m'aider à mettre ma valise sur le porte-bagages ? questionne une voyageuse.

– Bien sûr ! répondent les enfants.

– Ce paquet aussi ? demande Martine en montrant la boîte que la dame tient sur ses genoux.

– Oh, non… Ce qu'il contient est beaucoup trop fragile !

Soudain, Martine et Jean se figent : la boîte vient de bouger !

– Qu'est-ce que c'est ? questionnent-ils avec curiosité.

– Regardez… dit la dame en soulevant le couvercle. C'est un chaton !

Un cadeau pour mon neveu que je vais voir à Dieppe.

Les enfants sont émerveillés. Ils contemplent l'animal et le caressent.

Patapouf, lui, n'est pas ravi du tout. Cette charmante boule de poils

lui vole la vedette !

Louise et Arthur patientent sur le quai de la gare de Dieppe. Ils scrutent l'horloge et regardent l'horizon, impatients.

Soudain, la fillette s'écrie :

– C'est leur train ! Ils arrivent !

– Pile à l'heure ! ajoute Arthur.

– Salut ! lancent Martine et Jean en sautant sur le quai.

– Vous avez fait bon voyage ? demande Louise.

– Oh oui ! répond Jean avec enthousiasme.

– Téléphonons à maman et papa, ajoute sa sœur. Ensuite on vous racontera tout... Parce que le train, en plus d'être pratique, c'est amusant !

Retrouve **martine** dans d'autres aventures !

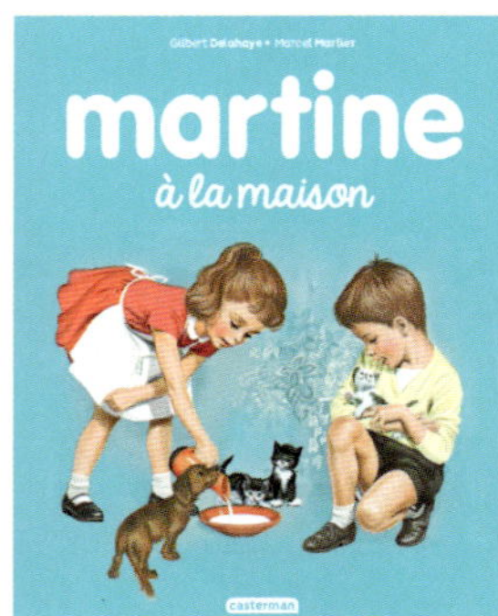

Gilbert Delahaye • Marcel Marlier
martine
au parc
casterman

Gilbert Delahaye • Marcel Marlier
martine
garde son petit frère
casterman

Gilbert Delahaye • Marcel Marlier
martine
fête son anniversaire
casterman

Gilbert Delahaye • Marcel Marlier
martine
jardine
casterman
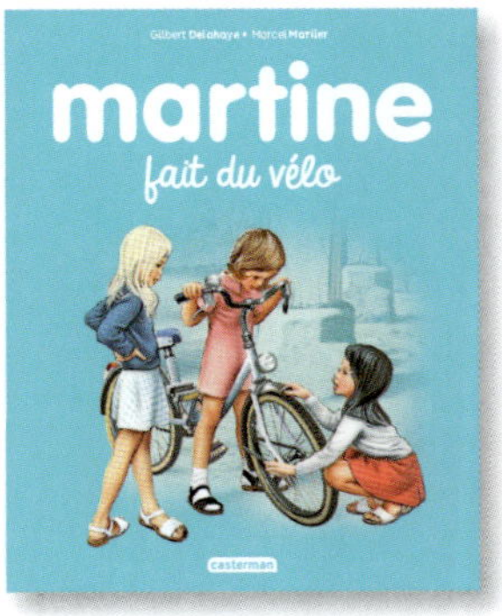
Gilbert Delahaye • Marcel Marlier
martine
fait du vélo
casterman

Gilbert Delahaye • Marcel Marlier
martine
petit rat de l'opéra
casterman

Gilbert Delahaye • Marcel Marlier
martine
à la fête des fleurs
casterman

Gilbert Delahaye • Marcel Marlier
martine
fait la cuisine
casterman

Gilbert Delahaye • Marcel Marlier
martine
apprend à nager
casterman

Gilbert Delahaye • Marcel Marlier
martine
est malade
casterman

Gilbert Delahaye • Marcel Marlier
martine
en vacances
casterman

Gilbert Delahaye • Marcel Marlier
martine
prend le train
casterman

Gilbert Delahaye • Marcel Marlier
martine
fait de la voile
casterman

Gilbert Delahaye • Marcel Marlier
martine
et le petit moineau
casterman

Gilbert Delahaye • Marcel Marlier
martine
et le petit âne
casterman

Gilbert Delahaye • Marcel Marlier
martine
fête maman
casterman

Gilbert Delahaye • Marcel Marlier
martine
en montgolfière
casterman

Gilbert Delahaye • Marcel Marlier
martine
à l'école
casterman

Gilbert Delahaye • Marcel Marlier
martine
découvre la musique
casterman

Gilbert Delahaye • Marcel Marlier
martine
a perdu son chien
casterman

Gilbert Delahaye • Marcel Marlier
martine
dans la forêt
casterman

Gilbert Delahaye • Marcel Marlier
martine
et le cadeau d'anniversaire
casterman

Gilbert Delahaye • Marcel Marlier
martine
et la sorcière
casterman

Gilbert Delahaye • Marcel Marlier
martine
un mercredi pas comme les autres
casterman

Gilbert Delahaye • Marcel Marlier
martine
la nuit de Noël
casterman

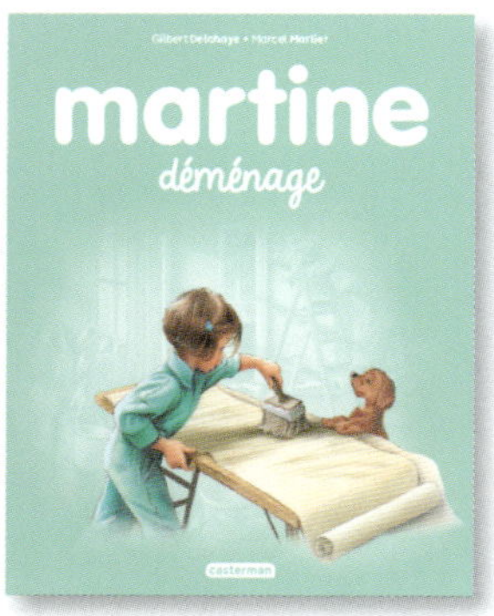
Gilbert Delahaye • Marcel Marlier
martine
déménage
casterman

Gilbert Delahaye • Marcel Marlier
martine
se déguise
casterman

Gilbert Delahaye • Marcel Marlier
martine
et les chatons
casterman

Gilbert Delahaye • Marcel Marlier
martine
et les lapins du jardin
casterman

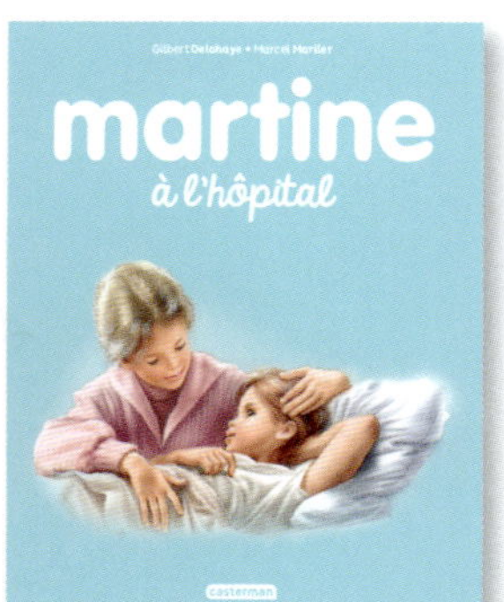
Gilbert Delahaye • Marcel Marlier
martine
à l'hôpital
casterman

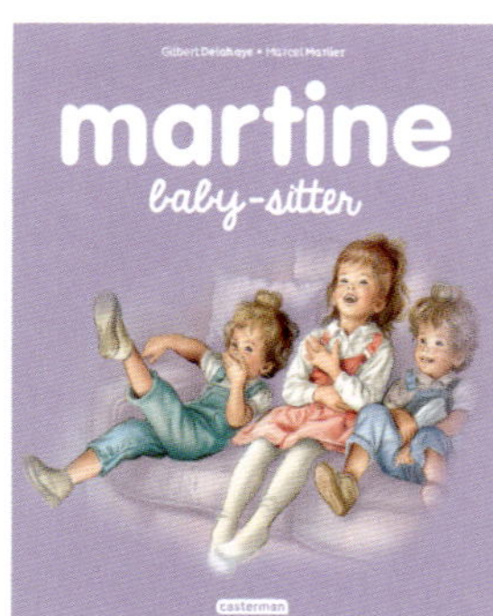
Gilbert Delahaye • Marcel Marlier
martine
baby-sitter
casterman

Gilbert Delahaye • Marcel Marlier
martine
en classe de découverte
casterman

Casterman
Cantersteen 47
1000 Bruxelles

www.casterman.com

ISBN : 978-2-203-12546-9
N° d'édition : L.10EJCN000578.C002

D'après les albums de Gilbert Delahaye et Marcel Marlier.
Achevé d'imprimer en septembre 2017, en Italie.
Dépôt légal : mars 2017 ; D.2017/0053/77
Déposé au ministère de la Justice, Paris (loi n°49.956
du 16 juillet 1949 sur les publications destinées à la jeunesse).